विनय कुमार

विनय कुमार का जन्म 9 जून, 1961 को बिहार के कन्दौल गाँव में हुआ। उन्होंने पटना मेडिकल कॉलेज, पटना से एम.डी. (मनोचिकित्सा) की डिग्री ली।

उनकी प्रकाशित पुस्तकें हैं—'क़र्ज़-ए-तहज़ीब एक दुनिया है' (ग़ज़ल), 'आम्रपाली और अन्य कविताएँ', 'मॉल में कबूतर' 'यक्षिणी', 'पानी जैसा देस' (काव्य), 'एक मनोचिकित्सक के नोट्स' और 'मनोचिकित्सा संवाद' (मनोसामाजिक विमर्श)। उन्होंने इंडियन साइकाएट्रिक सोसाइटी के लिए मनोचिकित्सा-शिक्षा विषयक सात किताबों का सम्पादन किया है। ये किताबें अन्तरराष्ट्रीय स्तर पर उपलब्ध तथा चर्चित हैं। उन्होंने मनोरोग से सम्बन्धित विषयों पर अख़बारों तथा पत्रिकाओं में विपुल लेखन किया है। मानसिक स्वास्थ्य की हिन्दी पत्रिका 'मनोवेद डाइजेस्ट' उनकी एक अनोखी पहल है।

उन्हें मनोचिकित्सा सेवा के लिए इंडियन मेडिकल एसोसिएशन के 'डॉ रामचन्द्र एन. मूर्ति सम्मान' (2007), 'एक मनोचिकित्सक के नोट्स' के लिए 'अयोध्या प्रसाद खत्री स्मृति सम्मान' (2015) तथा कविता के क्षेत्र में उल्लेखनीय योगदान के लिए 'बनारसी दास भोजपुरी सम्मान' (2019) से सम्मानित किया जा चुका है।

सम्प्रति : इंडियन साइकाएट्रिक सोसाइटी के राष्ट्रीय अध्यक्ष व महासचिव रह चुके विनय कुमार पटना में मनोचिकित्सक एवं वर्ल्ड साइकाएट्रिक एसोसिएशन में दक्षिण एशिया की ओर से बोर्ड मेम्बर हैं।

सम्पर्क : एन.सी.116, एस.बी.आई. ऑफ़िसर्स कॉलनी, कंकड़बाग, पटना-800020

ई-मेल : dr.vinaykr@gmail.com

आत्मज

काव्य-नाटक

विनय कुमार

राजकमल पेपरबैक्स

राजकमल पेपरबैक्स में
पहला संस्करण : 2024

राजकमल पेपरबैक्स : उत्कृष्ट साहित्य के जनसुलभ संस्करण

राजकमल प्रकाशन प्रा. लि.
1-बी, नेताजी सुभाष मार्ग, दरियागंज
नई दिल्ली-110 002
द्वारा प्रकाशित

शाखाएँ : अशोक राजपथ, साइंस कॉलेज के सामने, पटना-800 006
पहली मंज़िल, दरबारी बिल्डिंग, महात्मा गांधी मार्ग, प्रयागराज-211 001
1, अनमोल सोराबजी सन्तुक लेन, धोबी तलाव, मरीन लाइंस, मुम्बई-400 002
वेबसाइट : www.rajkamalprakashan.com
ई-मेल : info@rajkamalprakashan.com

विकास कम्प्यूटर एंड प्रिंटर्स
ट्रॉनिका सिटी-201 102
द्वारा मुद्रित

मूल्य : ₹199

AATMAJ
Poetic Drama by Vinay Kumar

ISBN : 978-93-6086-169-8

बाबा और बाबूजी के लिए
जिनके भाव-स्वभाव-अभाव का अंशधर हूँ

अपनी बात

इस कृति का आरम्भ बड़े अजीब से मुहूर्त में हुआ। मैं क़तई तैयार नहीं था। मुझे नहाना था, नहाकर ब्रंच लेना था और क्लिनिक में जाकर अपना काम शुरू करना था। मगर अचेतन से फूटे आर्टीज़न वेल ने क्या स्थान, क्या समय और क्या अस्तित्व, सारे बोध छीन लिये। भीतर से शब्द बहकर आते रहे और उँगलियाँ उन्हें फ़ोन के फलक पर रखती गयीं। जब तक बात पूरी हुई, देर हो चुकी थी। पलटकर देखने की भी फ़ुर्सत नहीं थी कि जो लिखा वो क्या है। अब कह सकता हूँ कि उस अजीब से मुहूर्त में जो लिखा गया वह इस नाटक का पहला अंक है, मगर तब मेरे चेतन में न तो कोई नाटक था और न ही ऐसी कोई योजना। कोई एक महीना बाद एक यात्रा में बेहद असुविधाजनक स्थिति में हुई इस लिखत का ध्यान आया। इसे फ़ोन में ढूँढ़ा, पढ़ा और फिर कुछ

ख़यालात और झपकी। शायद सो जाता, मगर टर्ब्युलेन्स की कृपा से थोड़ा-सा जगा, सिर्फ़ इतना कि दुनियादारी को समझने-चलाने वाला दिमाग़ी नेटवर्क अधसोया रहा और अचेतन के विवर से दूसरे अंक के दृश्य और पात्र बाहर आने लग गए। सच कहते हैं डॉ. सलमान अख़्तर : Poetry is one person psychoanalysis! आगे के अंक लम्बे-लम्बे अन्तराल के बाद आए। पात्र रिले रेस की तरह प्रकट हुए। राहुल ने आम्रपाली की तरफ़ भेजा, आम्रपाली ने विमल की तरफ़, विमल ने अजातशत्रु की तरफ़ और इन सब के गीले दु:खों से सदबद स्वप्न में एक कृपालु स्वर ने जीवक की तरफ़; और जीवक ने भरत मुनि को सन्तुष्ट कर दिया।

लेकिन क्यों? फ्रायडियन काउच पर क्यों इस तरह लेटा मैं? क्यों खोदने लगा मैं अपना प्रागैतिहासिक अंश? पितृहीन तो मैं तनिक भी नहीं, और न मातृहीन ही। तो किसके दु:ख ढूँढ़ रहा था मैं? राहुल, विमल और जीवक के? शायद नहीं। ऐतिहासिक नामों की बेहद छोटी-सी गैलरी में घटित यह नाटक ऐतिहासिक क़तई नहीं। मैं कोई इतिहासविद् भी नहीं, और न ही मुझमें वह सलाहियत जो इतिहास के गहन शोध को सम्भव करती है। यह एक कवि की यात्रा है। अधूरी, खंडित और लुप्त रेखाओं के बीच एक रंग-यात्रा। इस यात्रा में इतिहास के सबूतों और बयानों से अधिक उसकी चुप्पियों ने मेरा साथ दिया है, उसके प्रकाश से अधिक उसके अवतमस और उसमें छितराए

'तम के तागों' ने। इन चरित्रों के शरीर इसी अवतमस के हैं और प्राण तम के तागों से बुने गए हैं। ये शरीर और प्राण किसी के भी हो सकते हैं। किसी अमल, विमल, कमल एवं इंद्रजीत के। किसी अमला, विमला, कमला, किसी चित्रलेखा के। यह किस सीमा तक सम्भव हुआ है, भाषा और मंच के भावक और पारखी जानें। मैंने तो अपने मन:फ़ॉसिल में क़ैद पानी के प्रश्न और संकट बहा दिए हैं, और वो भी बाज़ाब्ता फ्रायडियन काउच पर ख़ुद को लिटाकर।

कभी नहीं सोचा था कि जीवन में कोई काव्य-नाटक लिखूँगा। जिस भाषा और जिस फ़ॉर्म में 'अन्धायुग' जैसी कृति हो उसमें ऐसी कोई भी आज़माइश हिमाक़त मानी जाएगी। मगर यह हिमाक़त कर बैठा, और आज आपके सामने अपने टूटे-बिखरे छंद लिये खड़ा हूँ।

यह कृति कभी सम्भव न होती अगर संजय उपाध्याय के निर्देशन में 'यक्षिणी' मंचित न होती और मंचन की पहली शाम प्रेमचन्द रंगशाला से निकलते हुए अग्रज रचनाकार हृषिकेश सुलभ मुझसे यह न कहते—अब आप एक काव्य-नाटक लिखिए। उस दिन तो मैंने हँसकर कहा था—क्या कहूँ...यह अपने वश में कहाँ; मगर शायद उनका कहा लॉन्ग ऐक्टिंग इंजेक्शन की तरह मेरे मन में धँस गया था। तुरत कुछ नहीं हुआ। दरअसल, 'यक्षिणी' के बाद का समय 'पानी जैसा देस' खोजते बीता और मैं यह भूल

ही गया था कि 10 अप्रैल, 2021 की शाम सुलभ जी ने क्या कहा था। आज जब यह भूमिका लिखने बैठा हूँ तो वह शाम याद आ रही है जब घर लौटती ख़ुशी के भीतर एक स्टिम्युलस चुपचाप आ पैठा था।

कई सांसारिक दायित्वों में उलझे होने के बावजूद मंजु जी ने प्रथम श्रोता होने का दायित्व सहर्ष निबाहा। कवि मित्र कुमार मुकुल के साथ भी चर्चा चलती रही। उन्होंने फ़र्स्ट ड्राफ़्ट को सावधानीपूर्वक पढ़कर टाइपिंग की गड़बड़ियों को दुरुस्त भी किया। नाम को लेकर एक उलझन थी। पहले मैंने सोचा था—पितृहीन, मगर यह नाम मुझे भी ख़ूब नहीं रुच रहा था और मित्रों को भी पसन्द न आया। पहला ड्राफ़्ट पढ़ने वालों में मनीषा कुलश्रेष्ठ भी रहीं, और 'पितृहीन' शब्द को ख़ारिज करते हुए एक सुन्दर नाम सुझाया—आत्मज। और मैं चौंक गया—कथा की मुँडेर पर बैठा यह शब्द क्यों नहीं दिख रहा था मुझे। आत्मज! इस एक शब्द ने न सिर्फ़ सारे पात्रों और उनकी विडम्बनाओं को संज्ञापित किया बल्कि रचना के सम्भव होने को भी नाम दिया। अंग्रेज़ी विभाग, गया कॉलेज, गया से अवकाश-प्राप्त प्रोफ़ेसर के. के. नारायण विश्व और भारतीय साहित्य के ही नहीं, इतिहास के भी गहन अध्येता हैं। मेरी इस रचना-यात्रा में उनका ज्ञान कई बार पाथेय की तरह काम आया। अब यह सारी यात्रा एक पुस्तक के रूप में परिवर्तित हो चुकी है। 'आत्मज' के सुन्दर और त्रुटिहीन प्रकाशन

का श्रेय राजकमल प्रकाशन समूह के अध्यक्ष अशोक महेश्वरी, सम्पादक द्वय भाई सत्यानन्द निरुपम एवं आर. चेतनक्रान्ति, तथा प्रोडक्शन से जुड़ी टीम को जाता है।

सबके प्रति गहरे कृतज्ञता-बोध के साथ अब मैं अपने स्वाभाविक संसार में लौट रहा हूँ। मेरा यह 'आत्मज' अब आप सबका!

5 नवम्बर, 2023, पटना **विनय कुमार**

आत्मज

अंक-1

[मंच पर कवि, वाचक मुद्रा में।
आरम्भ का संगीत, बहुत धीमा और कवि का सम्बोधन—]

देवियो और सज्जनो
भाइयो और बहनो
हिन्दियो मिस्त्रियो मेसोपोटामियो
ग्रीको सुमेरियो बेबिलोनियो
फ्रेंड्स रोमंस एंड कंट्रीमेन

स्वागत है लीला की छत पर
आओ छलाँग मार
नहीं मार सकते तो सीढ़ियाँ भी
नहीं चढ़ सकते तो लिफ़्ट एलेवेटर भी

आओ इस छत पर
जो मिट्टी की दुनिया में मिट्टी की बनी है
सचमुच के गाँव और सचमुच के
घास-फूस लता-गुल्म गाछ-बिरिछ
जगर-मगर नगर में लोग ही लोग—कुछ जोड़ने को
जगह-जगह पत्थर सर फोड़ने को
चढ़ने को छोटे-बड़े पर्वत छुपने-छुपाने को गुफा
घने वन घना अन्धकार
टॉर्च-सी आँखें बाघ के पंजे और भूख के दाँत
क्या नहीं, सब कुछ
झाड़ियों के पार लता के मंडप में
चुम्बन ही चुम्बन
मन्मथ और रति के सीत्कार
और श्रांति के सुख से किसी महानद-सा बहता संसार

अरे डर गये क्या
कि हुए उत्तेजित कि आई कोई याद
कुछ बीता मनचीता या चीता या साँप
कोई चुभन कोई दंश
जीवन का जगत से छिपा कोई अंश
कोई चौखट और आँगन और कोहबर और वंश
या रौंदे हुए वन में कोई विस्मृत अवतंस
कोई कृष्ण कोई कंस
कि मानस के सर में तिरता कोई हंस

कुछ तो है...कुछ तो है...कहाँ नहीं कुछ
कुछ से ही सब कुछ

आह कैसा प्रलाप! कैसा आरम्भ!

उड़ती हुई कथा की कैसी यह टेक
कि एक में हर एक
उपस्थित भी है आमंत्रित भी
कैसा आख्यान लिये बैठा मैं

बैठा?
नहीं...अभी तो खड़ा हूँ
बैठे तो आप हैं थके-से
सदियों सहस्राब्दियों चले हैं चलाए हैं
जले हैं जलाए हैं
कवि का सौभाग्य कि आज यहाँ आए हैं
बहते-बहाते उस शहर के पार
जहाँ घोड़ों की क़ब्रों पर दौड़ती है कार

स्वागत है देवियो स्वागत है सज्जनो
कि आप मेरे क्या नहीं
उजले और साँवले और काले और लाऽऽऽल
और नीले और पीले और हरे अतीत
जीती हुई हार और हारी हुई जीत
आप मेरे हृदय आप मेरी पृथ्वी कोमल अन्तरंग

आप मेरे व्योम क्रूर सुदूर

आप मेरी वाणी में बात
आप मेरे साथ जैसे ये दोनों हाथ
और आप ही मेरे विरुद्ध जैसे युद्ध
जो सदा और सर्वथा अशुद्ध

और आप ही मेरे बुद्ध
कि आप ही तो उसके भी...उस विह्वल छोरे के
पार किया था जिसने राजसी परकोटा
चिह्नों-प्रतीकों से अटे हुए टीले
पार की थीं नदियाँ जो प्राण जो मृत्यु
पार किए थे जिसने अपनी ही काया की नाव में बैठ
भूखे और प्यासे प्रश्नों से भरे पारावार जो अपार

आप ही मेरे कपिलवस्तु आप ही अवंती आप ही मगध
आप ही मोहना आप ही नीरंजना
आप ही सेनानीग्राम आप ही सुजाता और आप ही वह खीर
कितने सुन्दर और मीठे हैं आप
और कितने खुले जैसे धर्मारण्य
और कितने पवित्र और सिद्ध जैसे भूमि वज्रासन की
कितने उदार, छायादार
जैसे कोमल किसलयों से भरा विशाल अश्वत्थ
आप ही मेरी यात्रा मेरे गंतव्य
मेरे इस पात्र से बहती करुणा

आप ही की आत्मा से आई है बहकर
आप तक आया हूँ लेकर आपका ही जल
आपकी ही कथा है आपके ही पिता की आपकी ही माँ की
और आपकी ही भूली और बिसरी सन्तानों की

मैं तो बस चित्त एक अति निम्न कोटि का निमित्त
प्रसव का घर अनवरत अशौच से मलिन और सदबद

आइए सुनें और सुनाएँ और एक साथ गंगा नहाएँ
अरे अरे ग़लत कह गया, गंगा आप नहाएँ
मुझे तो प्रिय कर्मनाशा
प्रिय उसकी पीड़ा से भरी हुई धार
प्रिय उसके सूने उपेक्षित कछार!

अंक–2

[कवि एक फ्रायडियन काउच पर अधलेटा, स्वयं के भीतर डूबते जाने का संगीत तेज़ से मन्द होता हुआ। देवदूतों से घिरे राहुलभद्र का प्रवेश।]

राहुल :

कहाँ लेकर आए हो प्रिय देवदूतो
कैसा यह पिंजर प्रकाश का
कैसी छायाएँ समक्ष
क्यों मुझे लग रहा कि दृश्य हूँ
और मेरी वाणी उत्सुक कानों से घिरी है

क्यों मुझे लग रहा कि
किसी नृत्यशाला के मंच पर खड़ा हूँ
क्यों याद आ रहा नदियों और वनों से गूँजता कपिलवस्तु

क्यों याद आ रहा वह पल
जब गोद से पितामह की उछल मैं भागा था मंच की ओर
और बहते संगीत के बीच देवी सुरम्या ने थामा था मुझे
और बाँहों के झूले पर झुलाया था
और तभी दीर्घा में गूँजी थी हँसी तो ग्रीवा घुमा देखा था मैंने
ठीक यही दृश्य

कहो देवदूतो, क्यों हूँ मैं यहाँ
काल और देश के प्रकाशित इस मंच पर
भरी हुई दीर्घा के सामने...

वस्त्र और देह और वाणी
मैं तो सब छोड़ चुका कब का
किसने मुझे फिर से...

कवि :
(फ्रायडियन काउच से उठकर आते हुए)

मैंने अर्हत राहुलभद्र
मैंने ही किया है आयोजन

राहुल :
प्रयोजन?

कवि :

कैसे बताऊँ अभी...किसे पता
गौतम ही कहाँ जान पाए थे—
कब और कहाँ—फूटेगा कैसा आलोक
किधर से कौंधेगा मार्ग और मध्यम ही होगा—कहाँ था पता उन्हें
प्राक् बुद्ध थे वे, कारण पर किरणें गिराना आता तो होगा
किन्तु अटके और भटके
मैं तो मनुष्य हूँ साधारण अति साधारण
छोटी कामनाओं और छोटे-छोटे प्रश्नों से बिंधा

राहुल :

जगे हो तुम किन्तु...जहाँ जिज्ञासा वहाँ जाग
जान गया हूँ कि मंच और दीर्घा और सुन्दर सजीले देवदूत
पृथ्वी पर नहीं...
पृथ्वी पर तुम हो—तनी हुई तंद्रा में तरल
लोक यह तुम्हारा जहाँ मैं एक नाम और छोटी-सी गठरी

कवि :

नहीं अर्हत, ज्ञात से अधिक अज्ञात में आप
पृथ्वी से अधिक आकाश तो तब भी जब पार्थिव थे
अब तो बस वही
गठरी तो खुली है, क्या चुनना उसे जो शब्दों में संचित है
सम्भव-असम्भव जो हो चुका, हो चुका
उसे चुनने आया मैं होता तोऽऽऽ

राहुल :

होता तोऽऽऽ? वाह रे कवि

क्या चुनने आया है, तू जाने

कथा और काव्य की क्रीड़ा से परे-परे बोध तक पहुँचे हम

क्या जानें क्रीड़ा के भीतर का बोध

मुक्त को प्रकाश के पिंजर में खड़ा कर

क्या जाने साधोगे क्या

तेरी जिज्ञासा और जाग में आया हूँ, चलो कहाँ चलना है

देवदूतों का गायन

चलो कहाँ चलना है

रे मानुस रे मानुस

चलो कहाँ चलना है

गौतम के वंशज को

अर्हत के अंशज को

कहाँ चलें लेकर हम

हमें कहाँ चलना है

रे मानुस रे मानुस

ज्ञात कहीं पीछे अब

जाने क्या खींचे अब

क्या जानें क्या जानें

किस द्वारे मन्द मधुर

दीपक सा जलना है

रे मानुस रे मानुस

[कवि देवदूतों के नाट्य को मुग्ध भाव से निहारता है। गीत समाप्त होते-होते वह स्वयं को देवदूतों की प्रश्नवाचक मुद्राओं से घिरा पाता है।]

कवि :

कहीं नहीं, कहीं नहीं जाना है
न तुम्हें न तुम्हें...न तुम्हें न तुम्हें और न ही अर्हत को
जाना तो मुझे है अर्हत के साथ अर्हत के भीतर
और लौटना है राहुल के साथ
देखना है—कैसे कोई राहुल खेलता और नाचता है बर्फ़ की गेंद-सा
कैसे पिघल बहता है सजल किशोर
और फिर कैसे किस ताप से उठता और घिरता है मेघ-सा
घेरता है कैसे आकाश

देवदूत :

कपिलवस्तु! कपिलवस्तु! कपिलवस्तु! कपिलवस्तु!
राहुल! राहुल! राहुल! राहुल!

राहुलभद्र :

अरे देवदूतो, शोर न मचाओ
कपिलवस्तु कपिलवस्तु कहने से कपिलवस्तु नहीं आने वाला
नहीं होने वाला मैं राहुल, राहुल-राहुल पुकारने से
मैं अब नहीं रहा राहुल जैसे तथागत नहीं रह गए थे सिद्धार्थ
सिद्ध भी नहीं अर्थ भी नहीं सिर्फ़ एक बात सीधी सरल बात
सरल को जटिल के पार की अबोधता में कैसे ले जाओगे

पलक झपकते
गाओ कोई गीत जो गगन में मेघ-सा घिरे
सूखी हुई मोहना-नीरंजना में उतरकर बने जल धार
प्रिय देवदूतो, अवश है आकाश अवश है अतीत

छेड़ो कोई राग जो जल से बना हो
वही ले जाएगा अचिरावती पार

देवदूतों का गायन :
(राग मल्हार)

बरसो तथागत धारा धरो रे
अपने गगन को न्यारा करो रे
अचिरावती के आकुल तट को
फिर से फिरकर प्यारा करो

[तेज़ बारिश और नदी की आवाज़ और अन्धकार।]

अंक–3

[नदी की आवाज़। फ्रायडियन काउच पर कवि लेटा है। राहुलभद्र नेपथ्य की ओर मुँह किए खड़े हैं।]

राहुलभद्र :
तो ले ही आए मुझे अचिरावती के उस पार
जहाँ से कंथक लौट गया था छंदक के साथ

(मुड़ते हुए)

अश्व और मनुष्य दोनों के नेत्र थे गीले
दोनों की आँखों में बसी थी एक-सी छवि
विदा के आँसुओं से तर
छंदक तो मनुष्य था मनुष्यों के बीच
किन्तु कंथक की आँखों में तब तक बसे रहे युवा सिद्धार्थ

जब तक वह रहा
माँ को बहुत प्रिय थीं उसकी आँखें
अक्सर हम जाते अश्वशाला
देर तक माँ उसकी आँखें निहारती
और युगों की थकान लिये लौटती ऐसे
जैसे लौटा होगा कंथक पीठ पर उठाए अनंत का भार

जीवन में धीरज का पहला वह पाठ
कि अश्व की आँखों में पिता की छवि
और कविता-सी माँ का हो जाना काठ

देखो कवि देखो कि पिता का न होना
माँ के होने को कैसा कर देता

[यशोधरा का एक अलग प्रकाश-वृत्त में प्रवेश। कवि काउच से उठकर अपने वृत्त से राहुल के वृत्त में आता है।]

माँ जैसे एक उजड़ा उद्यान
जहाँ अधमरे वृक्ष मर्माहत लताएँ
और झरे हुए सूखे फूल—ओस और धूल से लथपथ
कितनी कठिनाई से कितने कम जीवन से
हरित एक मंडप बनाती कि खेल सके राहुल
ले सकें उसकी किलकारियाँ तितलियों से होड़

(यशोधरा शिशु को दुलार करती है)

देवदूत :

राहुल राहुल राहुल

[देवदूत पुचकारते हुए यशोधरा के वृत्त में प्रवेश करते हैं। यशोधरा उन पर ध्यान नहीं देती। वह शिशु को दुलारते हुए नेपथ्य की ओर चली जाती है। देवदूत उसके पीछे कुछ दूर तक जाते हैं फिर मंच के पिछले भाग में खड़े हो जाते हैं।]

राहुलभद्र :

नाम तो यही था राहुल
किन्तु माँ ने ऐसे पाला था मुझे जैसे नन्हा सिद्धार्थ होऊँ
बोते हुए पिता के जीवन के सारे वे पल
जो उसके जीवन और जानने में आए
राहुल नहीं, सिद्धार्थ की तरह पला था मैं
अन्तर बस इतना कि दुःख के प्रश्न तक गए थे वे
और मुझ तक उनके न होने का दुःख
प्रश्न की तरह आया था
और किसी के पास उत्तर नहीं था

पिता को पता था क्यों सब छोड़कर जा रहे वे
और मैं एक अनुत्तरित क्यों के काँटों पर दौड़ता-खेलता रहा
माँ देख सकती थी दर्पण और कंथक की आँखों में उन्हें
मैं कैसे देखता और कहाँ
मुझे तो दोनों की आँखों में रीते दिगंत ही दिखे

कवि :
लेकिन माँ का संगीत था आपके पास

राहुलभद्र :
हाँ लेकिन शब्दहीन
ध्वनियाँ बहुत थीं शब्द नहीं
बहुत था संगीत लेकिन शब्दों से ख़ाली
करुणा थी पीड़ा थी पुकार थी
निर्मम निराशा की गूँज थी
हिचकियों के झटके तोड़ते थे सुर
और उठते हुए सुर गिरते थे हठात्
पथराए मौन पर

दादा महाराज के पास भी कम ही थे शब्द
अधूरे वाक्यों से प्यार किया मुझे
सदा अनुभव हुआ—
कहना कुछ और चाह रहे कह कुछ और रहे

अक्सर गोद में उठाए मुझे ले जाते राजसभा
तब जब कोई नहीं होता
अपने सिंहासन पर बिठा निहारते
और मुझे राहुल नहीं सिद्धार्थ पुकारते
फिर चुप हो जाते
सूनी राजसभा में मौन एक वृद्ध और सहमा एक बालक
कहीं कोई शब्द नहीं कहीं कोई ध्वनि नहीं

कि सभा के आकार का बने कोई अर्थहीन शब्द
जिसे तुम जैसे सिद्ध अर्थवान कर सकें

[कवि बेचैन-सा टहलने लगता है।]

राहुलभद्र :
बोलो कवि

[कवि संकेत करता है कि वह शब्दहीन हो गया है, राहुल को हँसी आ जाती है]

राहुल :
छोड़ो यह अभिनय, शब्दहीन होने का अभिनय भी घातक
कवि हो तुम, शब्द अगर छिन गए, केंचुल रह जाओगे

देवदूत कवि को चिढ़ाते हैं—
केंचुल केंचुल केंचुल

[कवि सर्प का अभिनय करता है, देवदूत डरने का और राहुल हँस पड़ते हैं। वे हँसते-हँसते कवि के पास आते हैं और बुद्ध की तरह अभय-मुद्रा में खड़े हो जाते हैं। कवि एक उत्सुक जिज्ञासा के साथ उन्हें निहारते हुए घुटनों के बल बैठ जाता है। देवदूतों का प्रस्थान।]

राहुल :
ठीक ऐसे ही आए थे वे—प्रशान्त और प्रमन

नहीं कह सकता उन्हें कैसा लगा था कपिलवस्तु आकर
देखकर विरह की धोयी भार्या और अपनी उस बूँद को
जिसे उनकी भार्या ने कटि तक आता बालक बना खड़ा कर दिया था

नहीं कह सकता,
उन्हें कैसा लगा था फैलाते वह पात्र जो पूरी तरह रिक्त
और वह भी उस स्त्री के आगे
जिसे अपने महाकाव्य के पहले सर्ग में ही छोड़ गए थे

नहीं कह सकता, आज भी नहीं कह सकता
कैसा लगा था उन्हें

मैं तो नहीं भूल पाया कभी—
माँ की कोख का शीतल अन्धकार, रक्त में बहती प्राणवायु
नहीं भूल पाया कपास के फाहे-सी कोमल वह गोद
नहीं भूल पाया वह उजली तरलता और उसकी मिठास
कि सम्यक् समाधि और ध्यान के अनंत में
प्रभा जब घिरी तो माँ के दूध की धार-सी गिरी
आज भी आत्मा उसी का उजास आज भी चेतना उसी की मिठास

पिता पिता पिता
आभारी हूँ पिता कि आपने माँ के तत्त्वों से
मेरा पृथ्वी पर होना ही नहीं, न होना भी रचा
किन्तु कभी नहीं खोली वह गाँठ
बँधी थी जिसमें यशोधरा की वह दृष्टि

पड़ी थी जो आपकी बुद्धवाही काया पर

क्षमा करना पिता क्षमा
क्या यह सत्य नहीं
कि मन्मथ के भस्म को देखती हुई रति से सदा तुम भागे

आँखों में झोंकने से काम की भभूत
रति के दु:ख भले न दिखें
जटा से उलझा हुआ चन्द्रमा
शिव को लिंगहीन होने नहीं देता
शिव हों कि बुद्ध कोई भी पुरुष, महापुरुष या परम पुरुष
दूबों और पत्तों और फूलों की दीठ से निहारती प्रकृति से बच ही नहीं सकता
माना कि लौटे थे तुम अपने कपिलवस्तु से बुद्ध ही
किन्तु...किन्तु
वहाँ जाकर हारे जहाँ हारा राग का रसिया बिम्बिसार
जहाँ हारा शत्रुओं का रचयिता सम्राट अजातशत्रु
और वहाँ भी वही मन्मथ का भस्म!

[मंच पर अन्धकार बढ़ने लगता है, कवि कुछ ढूँढ़ता हुआ बेचैन हो उठता है और मारे बेचैनी के काउच पर जा गिरता है। कवि के वृत्त में बहुत धीमा प्रकाश। नेपथ्य से सटे परदे के पीछे आम्रपाली और उसके पीछे किशोर विमल कोंडाना का एक से दूसरी ओर जाना। बुद्धम् शरणम गच्छामि की गूँज मद्धिम से तेज और फिर मद्धिम।]

अंक-4

[काउच पर कवि, कवि पर नाइट लैम्प जैसा स्पॉटलाइट—शेष मंच पर अन्धकार और फिर संगीत। पूर्ण चन्द्रमा का प्रकाश और तारों का मंडप। घुँघरुओं की झंकार के बीच नृत्य-रत आम्रपाली का प्रवेश।]

आम्रपाली :

मन जाने क्या-क्या करता है!

कच्ची अमिया का पक जाना
क्या होता पथ का थक जाना
इस पुहुप प्राण की आत्मा में
क्या जीता है क्या मरता है। मन जाने क्या-क्या करता है!

[नृत्य के बीच लिच्छवि जनों का प्रवेश]

आतुर नयनों के मेले में
दो पाटल फँसे झमेले में
क्या जानें निर्मोही रसिया
इस खिलने में क्या झरता है। मन जाने क्या-क्या करता है!

चन्दन-चर्चित-चम्पा-चटोर
रतियाँ छोटी बतियाँ अथोर
पर शेष एक रीता दिगंत
कर्पूर गगन कब भरता है। मन जाने क्या-क्या करता है!

[लिच्छिवि जनों का एक-एक कर प्रस्थान, नृत्य जारी और एक परछाईं मंच पर]

माध्वी मूर्च्छित वैशाली में
वारुणी किसे दूँ प्याली में

[बिम्बिसार का प्रवेश। आम्रपाली फ्रीज़, बिम्बिसार के इशारे पर मृदंग लाया जाता है। संगीत आरम्भ। मृदंग पर बिम्बिसार के हाथ की थाप पड़ते ही आम्रपाली का नृत्य शुरू।]

माध्वी मूर्च्छित वैशाली में
वारुणी किसे दूँ प्याली में
कामना उठाती है आँधी
मन थोड़ा-थोड़ा डरता है। मन जाने क्या-क्या करता है!

सौ भ्रमर भरम के झाँके हैं
दो जलज चन्द्रमा ताके हैं

[दोनों का प्रेम त्राटक]

पावस-पृथ्वी सी काया पर
यह कैसा पुरुष उतरता है। मन जाने क्या-क्या करता है!

[प्रेमी युगल का आलिंगित नृत्य]

तन वायु वसन मन नभ-वसना
किस रस में डूबी है रसना
किस तड़ित त्वरा से द्रवित दाह
उच्छ्वसित धरा पर धरता है। मन जाने क्या-क्या करता है!

[लय क्रमशः तीव्रतर फिर मन्द और बिम्बिसार का बहिर्गमन। आम्रपाली का सौम्य और प्रसन्नचित्त गायन।]

तन-मन समुद्र मंथन-मंथन
फिर कामधेनु से पय-मय थन
यह नगरवधू भी जाने है
कैसे संसार सँवरता है। मन जाने क्या-क्या करता है!

[नृत्य धीमा, संगीत मन्द और अन्धकार, फिर काल के प्रवाह का संगीत—नौ महीने बीतने को प्रतीकित करता हुआ। आम्रपाली के

वृत्त में प्रकाश। वह गोद में शिशु लिये बैठी है।]

किसको समझाएँ दुख क्या है
दुख के सम्पुट में सुख क्या है
है अमर देह की हर गाथा
नश्वर हर छद्म अमरता है! मन जाने क्या-क्या करता है!

[नेपथ्य में युद्ध का कोलाहल और संगीत। आम्रपाली फ्रीज़। अन्धकार। अब स्पॉटलाइट काउच पर लेटे कवि पर, अँधेरे में आम्रपाली का प्रस्थान]

कवि :
(उठकर बैठते हुए)

ओह कितना घना अन्धकार
वह बालक कहाँ गया
जिसे पिछले स्वप्न के अन्त में देखा था आम्रपाली के साथ
और यह शिशु
हा हा हा कैसा बुद्धू हूँ
सपने इतिहास की किताबों से उठकर नहीं आते
यहाँ कविता और कला वाली अराजकता राज करती है
अयोध्या कांड के पहले झलक सकता है अरण्य कांड
कोई युवक अपनी ही चिता की आग से
बीड़ी जलाकर पीता हुआ दिख सकता है

वैसे अब वह बालक भी क्या बालक रह गया होगा
पूछकर देखता हूँ देवी आम्रपाली से
कि जिस अंकुर का मुँह चूमा था अभी-अभी
उसके वृक्ष रूप तक किस मार्ग से जाऊँ
कविता या स्वप्न कि है कोई मार्ग गद्य-सा ठोस

[कवि काउच पर जा लेटता है। स्पॉट लाइट नेपथ्य से आती हुई आम्रपाली पर।]

आम्रपाली :
क्यों पुकारा, सोचो,
कितनी लम्बी यात्रा करनी पड़ी होगी मुझे और वह भी उल्टी
नीले शून्य से लाल मठ में डोलते काषाय तक
और वहाँ से इन्द्रधनुषों के तोरण
और वसंत के वंदनवार तक
आज तेरे कारण मिट्टी से मुक्त हो चुकी बूढ़ी संन्यासिन
एक युवती की देह में लौटी है
लौटा है पूरा एक गगन मदिरा के त्यागे हुए घट में

अपने जीवन से सबकी कथा और
सबकी कथा से किसी एक की काया में लौटने की पीड़ा
तुम नहीं समझ सकते, शब्दों के दुष्ट खिलाड़ी
चुप क्यों हो, बोलो, क्या चाहते हो मुझसे

कवि :
वे रहस्य जो इतिहास की आँखों से ओझल
आम्रपाली :
बता तो दिया अभी
कि लिच्छवि लोक के रसाक्त वैभव के बीच
किस आनंद के हवन कुंड में जलती थी मेरी श्वास
और मादक सुगन्ध से मह-मह करती थी वैशाली

[कवि मंत्र-बद्ध सा खिंचा चला आता है।]

कवि :
लेकिन बिम्बिसार...

आम्रपाली :
हा हा...बिम्बिसार...बिम्बिसार होना चाहते हो? मेरे बिम्बिसार? मागध हो क्या?

कवि :
नहीं, हाँ,...मतलब मागध हूँ मगर बिम्बिसार होना नहीं चाहता

आम्रपाली :
वह भी कहाँ चाहता था
यह तो मेरी श्वासों की जलती समिधा की सुगन्ध थी
जो मगध के हर सदन और राजगृह के सौध के हर कक्ष में जा बसी थी

जब भी राजसभा में वैशाली विजय की योजना बनती
चर्चा के बीच आम्रपाली घुस आती और सभी यह अनुभव करते—
आम्रपाली तो मगध को जीत चुकी

लेकिन ये बातें क्यों बता रही तुम्हें
तुम तो कवि हो, गोपन के गाँव में घुस जाने वाले चोर
तुम्हें तो वह चाहिए जो हर वृत्तांत से बाहर
वह सुनना चाहते जो होंठों ने होंठों से कहा, हाथों ने वक्ष से और...

कवि :
(लज्जा और घबराहट के भाव)

देवि देवि देवि...मैं सिर्फ़ आर्य विमल कोंडाना के जन्म की कथा

आम्रपाली :
तो बिम्बिसार का नाम क्यों लिया,
मैं जीवित नहीं हूँ कि स्वयं पर बीते को सम्पादित कर सकूँ
मेरा समय भी नहीं कि लोक से लाज
पहले भी कहाँ थी...और कितनी...
वे तो उन्नत-ललाट मागध के हाथ थे
जिसने मेरी सूर्यमुखी काया को
पाटल कलिका में बदल डाला था

खड्ग की मूठ पकड़ने वाले कठोर हाथ
ऐसी नरमी से छूते मृदंग मानो प्रिया के स्तन हों

देखते ही उसे सिहरन की शम्पा और मैं लाज से गुलाल
त्वचा के भीतर की सब डोरियाँ कस जातीं
चम्पा और मल्लिका और यूथिका और कमलिनी
जाने कितने कुसुमों के गठन और गंध में हुई थी कायांतरित

वह एक विह्वल पुरुष था सारे चुम्बन उसके अधीर
वह हर बार यूँ तैरता
मानो मगध और वैशाली के बीच बहती नदी पार करनी हो

कैसे भूल सकती हूँ कि
अपने तट पर हाँफते बिम्बिसार से कहा था मैंने—
तुम्हारे प्रेम के रजत से मेरी कुक्षि भर गयी है
और खोला था उसने रहस्य—मैं बिम्बिसार हूँ
हँसी थी मैं—ज्ञात है मुझे, तुम्हारी गाँठ से गिरी राज-मुद्रिका
मेरी रत्न-मंजूषा में रखी है
सुनो, स्त्री जब प्रेम करती है तो उसके रहस्यों और दोषों से भी
दुर्बलताओं का भी सम्मान करती है

उसने नख-शिख चूमा था मुझे
और कई दिनों तक यही करता रहा था
सच कहती हूँ कवि, अपना राजत्व बिसरा दिया था उसने
...मगर मागध होना नहीं
और एक दिन सारे प्रेम को केंचुल की तरह छोड़
सर्प-योनि में लौट गया था यह वचन देकर
कि मेरी वैशाली अब डँसी नहीं जाएगी

[आम्रपाली का हौले-हौले फ्रीज़ हो जाना और कवि का स्वगत]

कवि :

कितनी पुरानी कथा, पर कितनी नई भी

मानो आम्रपाली और बिम्बिसार जीवन से वाबस्ता नाम नहीं

बदन पर लटकती तख़्तियाँ हों!

[संगीत प्राचीन से मध्यकालीन फिर आधुनिक और काँच के टूटने की आवाज़।]

[अन्धकार]

अंक–5

[कवि और आम्रपाली दोनों अलग-अलग प्रकाश-वृत्त में फ़्रीज़। पहल आम्रपाली करती है। मुड़कर कवि की ओर देखते हुए—]

आम्रपाली :

दर्पण अपने समय में टूटता है
आवाज़ दोनों कल के आर-पार
तुम्हारे समय के दर्पण के टूटने की आवाज़
अभी-अभी सुनी
तुम भी तो सुनते ही रहे हो
मेरे समय की विनाश-ध्वनियाँ वरना क्यों पुकारते मुझे

मगर आज
मैं सृजन की आवाज़ सुनने के लिए पुकारती हूँ तुझे
आओ मेरे वृत्त में और मेरी नाभि के नीचे

टिका दो अपना कान

[कवि यंत्रवत वैसा ही करता है। फीटल हार्ट साउंड गूँजता है।]

आम्रपाली :
सुना कुछ?

कवि :
(उठकर)
हाँ, हृदय के धड़कने की आवाज़।

आम्रपाली :
बता सकते हो किसका हृदय है यह?

कवि :
मैं कैसे बता सकता देवि कि आज आपके गर्भ में क्या धड़क रहा...

आम्रपाली :
मैं आज नहीं हूँ, न गर्भ ही आज का
ये तो बस आवाज़ें हैं जो आवाहन करो तो गूँज उठती हैं
नहीं बता सकते किसका हृदय
कोई बात नहीं, अनुमान लगाओ किसका है—बालक या बालिका?

कवि :
यह बता पाना किसके बस में...

मगर इतना कह सकता
कि इस गर्भस्थ हृदय में बड़ा धैर्य है

आम्रपाली :
है नऽ?
कैसे बताऊँ कि इस धीर-गति हृदय ने
मेरे धड़कते हृदय को कितना सम्बल दिया था

बिम्बिसार के जाने के बाद मैं तो जैसे बावरी हो गयी थी
शस्यगंधी वायु लू-सी चुभती
कार्तिक के दिन कटे खेत-से उजाड़
रात जब आती तो लगता श्वास-रोधी विवर में फँसी हूँ
अपना ही रति-कक्ष कठिन कारागार-सा
उपवन में जाती तो लगता सारे के सारे तारे आ गिरेंगे

नगर में गूँजती थी युद्ध की तैयारी
लेकिन कहती मैं कैसे और किससे
कि युद्ध की आशंका जा बसी गंगापार
सोचा, गुप्तचर बता ही देंगे आज नहीं तो कल
कि मगध अभी डूबा है प्रेम में

शनैः-शनैः मेरी इस पृथ्वी की शिराओं में
बह चली तंद्रा अमोघ
अन्न से अरुचि, जी करता चूसूँ जम्बीर
जी करता पीऊँ कुछ शीतल और मधुर

और खाऊँ वह व्यंजन जो ऋतु की रसोई में दुर्लभ
अपनी सहचरियों की हँसती कनखियों से घिरी मैं
जनपद कल्याणी से नारी हुई
जानती थी कि नर मेरा होगा धँसा और किसी काया में
फिर भी मन ओढ़े रहा उसे ही तन पर

कि एक दिन मुझे अपने भीतर
एक कोमल पदाघात अनुभूत हुआ
—मेरे अधीर प्रेमी, आह...

कवि :
देवि...

आम्रपाली :
चुप्प एकदम चुप्प
मेरे समय में आ तो सकते हो बोल नहीं सकते
गोपन जानना है तो गोपन को ही बोलने दो
जो अब नहीं है उसके होंठ नहीं होते, कंठ भी नहीं
उसके होंठों से बोलना अनुचित है, अपराध है

सुनो, जैसे मैं अपने भीतर
गहरे चुम्बन को अर्थ-भरा मौन
और अर्थ-भरे मौन को संगीत बनते सुन रही थी

[स्वर को मुलायम करते हुए]

कवि, गोपन यह नहीं
कि बिम्बिसार की देह ने मेरी देह से प्रेम किया
गोपन तो यह कि उसके भीतर का मृदंग मेरे लास्य में बहा
गोपन तो यह कि युद्धों के विधान से भरे समय में
संगीत ने संगीत से समागम किया
गोपन तो यह कि मैं जान गयी थी
कि इस समागम का फल न बिम्बिसार है न आम्रपाली
कि संगीत के समागम से
कैसे जन्म ले सकता था कोई कोलाहल!

(शान्ति का संगीत हृदय की धड़कनों का ताल)

जन्म हुआ उसका माँ बनी मैं
लेकिन बिम्बिसार पिता न बन सका
क्योंकि सर्प-योनि में लौट गया था वह
उसके लिए दुःख तो हुआ था अश्रु भी छलके थे
मगर स्तनों से टपकते दूध ने मुझे
पहले से अधिक पृथ्वी कर दिया था
और भूल गयी थी मैं
कि इन्द्र कोई आया था
सुख के मेघों में छिपाए सृजन-बीज

[संगीत में गति जैसे एक शिशु के पदाघात]

उसकी आँखें बिम्बिसार के जैसी थीं

किन्तु उसका देखना बहुत अलग
मानो दो अडिग फूल पवन के झकोरे को देखते हों
रोना भी अलग कि भूख नहीं तृप्ति की तरह रोता
और किलक जैसे वंशी में छोटी-सी फूँक

अहा कितना शान्त
कितना शीतल और कितना पावन था उसका स्पर्श
हर लिये थे उसने सब ताप
पाप और पुण्य के बँटवारे झूठे हो गए थे
उसकी आकाशगंगा-सी हँसी ने मुझे इतना नहलाया
कि निर्मल हो गयी थी मैं
इसीलिए सम्भवत: इसीलिए
विमल कहने लगी थी उसे...विमल विमल विमल

[सोहर गायन]

अंक-6

[काउच पर एक काषाय वस्त्रधारी युवक लेटा है। कवि का प्रवेश।]

कवि :
(स्वगत)

विमल विमल विमल
कैसे करूँ विमल का आवाहन
कैसे पुकारूँ उस अमल धवल आत्मा को
वह भी इस भूमि से
श्रेय जहाँ पत्थर और प्रेय नग्न देह
कैसे बुलाऊँ उसे फिर से इस जगत में जहाँ आम्रपाली
आज भी साध्वी से अधिक नगरवधू

[करुण संगीत]

चलता हूँ, काउच पर लेटकर खोलता हूँ
ध्यान की कुंजी से गगन के द्वार पर लगा वज्र ताला...

(काउच पर लेटे युवक को देखकर)

अरे आप? आप कौन? कहाँ से आए आप यहाँ

विमल :
विमल, विमल हूँ मैं

कवि :
आप धन्य हैं
धन्य हैं आप अर्हत विमल
कि मेरी पुकार के पहले ही...

विमल :
लेट गए आकर इस—क्या कहते इसे

कवि :
फ्रायडियन काउच *(हँसता है)*

विमल :
हाँ उसी पर
कवि तुम भूल रहे
राहुल के बाद तुमने मुझे ही पुकारा था

स्मरण करो ओ भाव-भूले
यशोधरा, आम्रपाली तो नदियाँ मात्र नदियाँ
कि तट पर जिनके तुम्हें
मिले दो बालक लगभग पितृहीन

कवि :
लगभग पितृहीन!
यह मेरी पृच्छा की दिशा या आपका संकेत?

विमल :
मैं कौन दे जो संकेत कि जाना तुम्हें किधर
मैं तो बस उतना ही—जानते हो जितना मुझे
कि मैं भी तो आया हूँ गूँज-भरे जगत के अँधेरे से
मौन के उजालों से कब कोई आया
बुद्ध भी बचे हुए वचनों-भर बचे

कवि :
हे मेरी यात्रा के दिग्पाल
दीप्ति ने आपकी कुछ-कुछ कुहेलिका मिटा दी है
फिर भी है धूल बहुत भीगी हुई वायु में
गला इतिहास का रुँधा है अपने अज्ञान से
नहीं पता उसे कि जनपद कल्याणी के आँगन से
सम्यक् सम्बोधि तक कैसे और क्यों गया
पालने में खेलता हुआ विमल

विमल :

अच्छे कवि नहीं हो तुम,
हृदयहीन दुष्ट परपीड़क हो
पहले रुलाया प्रिय राहुल को
माता यशोधरा और माता आम्रपाली को

कवि :

रुलाया? कहाँ रोए वे?

विमल :

वही होता रोना आत्माओं का
क्रन्दन और अश्रु सब अन्तर्मुख
चमक-भरी स्मिति के चीवर में लिपटी हुई छायाएँ
कम से कम तुम तो मत देखो
इतना तो तुझे भी है ज्ञात कि आत्मा हम जैसों की
दुःख और पीड़ा से पूरित
अन-बहे अश्रु के लवण से लथपथ
बुद्ध को भी छुओगे तो दुःख ही छुएगा
कि दुःख से मुक्ति तो दुःख-देह होकर ही

कवि :

जैसे एक कवि काव्य-शेष

विमल :

उचित यह तुलना यदि काव्य में
कौतुक, केवल कौतुक नहीं
कवि के रीझे और सीझे हुए प्राण के धागे हों

कवि :

विमल, आप अर्हत राहुलभद्र से कितने अलग
एक ही सिद्धि को प्राप्त आप दोनों
किन्तु आप तो कविता की प्रविधि से भी परिचित

विमल :

मत भूलो कवि कि मेरे अस्तित्व को
गीत-संगीत और नृत्य की काया ने रचा था
माता के पय से भी कहीं अधिक राग पिए थे मैंने
रक्त में बहता था लास्य
अस्थि की मज्जा में नूपुरों की झंकृतियाँ घोंसला बनाती थीं
कविता और कला का अन्तर तो रूप का
धूप तो वही—पत्तियों ने पिया तो पाया जो हरापन
खो दिया उसे जब फलों ने पिया
और फूलों ने पिया तो रंग ही रंग

[प्रकाश फ़ेड करता है और दूसरे प्रकाश वृत्त में चौखट के पास गाती हुई आम्रपाली दिखाई देती है।]

ओ रे उपवन ओ रे कानन ओ रे मेरे मणि-खचित भवन
दे विदा मुझे कुछ ऐसे तू जैसे टूटे प्राणों को तन
ओ रे उपवन...ओ रे कानन

ओ रे वैशाली के आँचल तेरे जीवन से जाती हूँ
जो तुमसे मुझ तक आई थी सब हरियाली लौटाती हूँ
पावस तुझ पर अनुरक्त रहे सरसाए तन-मन मेघ-मदन
ओ रे उपवन...ओ रे कानन

ओ री सारिका शुकी कोकिल ओ रे कपोत ओ री चटका
सब नीर छोड़कर जाती हूँ गंडक-हिय का गंगा-तट का
गुंजित रखना नित उदय-गगन, चह-चह रखना नित सांध्य पवन
ओ रे उपवन...ओ रे कानन

अब क्या स्वर्णिम कौषेय वसन अब क्या रत्नों की मंजूषा
धो मदिर निशा की देह-गंध नयनों में आँज चली ऊषा
तन-मन वज्रासन हो जाए कोशा-कोशा काषाय वचन
ओ रे उपवन...ओ रे कानन

हे संघ क्षमा करना मुझको मैं अपर संघ की ओर चली
तज देह-देश की सीमाएँ छूने को छोर अछोर चली
जल-बादल से विचरें जग में सारे मागध सब लिच्छवि जन
ओ रे उपवन...ओ रे कानन

[प्रकाश फ़ेड होता है और कवि के वृत्त में भक्क से प्रकाश।]

कवि :

और आप?

आपको छोड़कर चली गयी थीं देवी आम्रपाली?

विमल :

कितने अधीर हो तुम...

माँ का अन्तिम गीत था यह

जिसे उसने अपनी देहरी छोड़ते हुए

कहना चाहिए क्षितिज की ओर जाते हुए गाया था

मैं इसे आज तक नहीं भूल सका

तुषित स्वर्ग में भी गूँजता है यह...निरन्तर...

[प्रकाश वृत्त फ़ेड करता है और दूसरे वृत्त में तेज। आम्रपाली की ओर बालक विमल अंगुलि बढ़ाता है। आम्रपाली अंगुलि थामते हुए कहती है—]

आम्रपाली :

हे मेरी आत्मा के नन्हें अभिभावक,

मेरा मार्ग आलोकित कर

बल दे मुझे मेरे प्रेयस के अंश...

कैसे क्षण में यह निर्णय लिया है मैंने...

पिता तुम्हारे राजगृह की कारा में

और मेरी माता वैशाली पराजय की ग्लानि से धूमिल

बालक विमल :

मेरे पिता कारा में? असम्भव
कौन-सी कारा उन्हें रख सकती वे तो आकाश
और वे जो कारा में कैसे कहूँ पिता उन्हें
देखा तक नहीं मेरा मुख कहा नहीं आज तक वत्स
मेरे पितृव्य तो वही जो आए थे
तुम्हारे अति प्रिय आम्र-कुंज में
तुमने परोसा था भोजन सादर-सप्रेम
और झलती रही थी बेनी उन्हें एकटक देखती
कैसे भूल सकता हूँ कि धोने को हाथ
जलपात्र लेकर जब गया था कहा था उन्होंने—
वत्स, रख दो यह पात्र और बैठो मेरे निकट
माँ, पिता मेरा वही स्वर भरा जिसने मेरा आकाश

[आम्रपाली लज्जा का अनुभव करती है। सिहरन का संगीत। आम्रपाली किसी अभिसारिका की तरह संकोच के साथ आगे बढ़ती है। द्वार से बाहर क़दम रखते ही गूँजता है—बुद्धम शरणम गच्छामि! आम्रपाली सिर उठाकर आकाश की ओर देखती है। प्रकाश तेज, अब वह विमल की अंगुलि छोड़ देती है...विमल ठहर जाता है, वह आगे बढ़ती है, विमल उसका अनुसरण करता है।]

बुद्धम शरणम गच्छामि
धम्मम शरणम गच्छामि
संघम शरणम गच्छामि

अंक–7

[कवि काउच पर अधलेटा है। विमल पास पड़े मोढ़े पर कवि के सिरहाने बैठा बोल रहा है।]

विमल :

पुरुषों से भरे संसार में
चुन लिया था मैंने अपना पिता
न मिलते वे तो किसी वृक्ष को मान लेता
कि छाया में रखता जो चरण
कोई प्रहरी यह तो नहीं पूछता—तुम कौन

कैसे मानता पिता उस बिम्बिसार को
जिसे न देखा न जाना न समझा
जाना तो बस इतना कि अपनी वैशाली का बैरी है
और जब समझा तो यह कि जन्मजात बंदी वह

कभी परम्परा कभी सत्ता और कभी देह में नाचती वासनाओं का
और अन्तत: अपने ही पुत्र के लालच का

कैसे हो सकता था वह मेरा पिता

जीवन और जगत को देखा है कवि
कि भिक्षु भी जीता है देह में
उसके भी उदर में अम्ल और अग्नि
पात्र लिये भटका हूँ वर्षों इस जगत में
देखा है सारा व्यापार
देश-देशान्तर में बिखरे पिताओं को देखा है
देखा है कौन कितना पिता
देखे हैं पिता की बनी-ठानी छाया में सहम-सहम जीते सहस्त्रों पितृहीन
देखे हैं पिता जैसे पुत्र और पुत्र जैसे पिता
अपने और जगत के अनुभव से कहता हूँ—
पिता वह नहीं जो जननी का पुरुष
पिता होना एक दैनिक तपस्या है

कवि :
(उठकर बैठते हुए)
अहा, पिता होना एक दैनिक तपस्या है

विमल :
(कवि के प्रकाश-वृत्त से बाहर जाते हुए)
पिता तो वह जो माँ नामक नदी की गोद से उठाए

और पृथ्वी पर रख दे
मुक्त करे अवश बहाव से
काँपते और मुड़ते हुए पैरों को कहे कि सीधा खड़ा रह
पिता तो वह जो कंकड़ और काँटों पर चलने का साहस दे
ले जाए कोमल ममत्व की सुविधा से दूर
दुविधा-भरे जगत में
हृदय के ताल पर बजते संगीत से वंचित कर
झोंक दे भाषा की भट्ठी में
पिता तो वह जो जीवन और वन में बनाए कोई मार्ग
और कहे कि जाओ और तुम भी बना लो एक अपने लिए

पिता तो वह जिसे शावक के पंखों पर
निर्मम आकाश और आततायी आँधियों से अधिक भरोसा

कवि :
(अपने वृत्त में स्वगत)
आपकी कसौटी पर कोई भी पिता कितना पिता!

विमल :
आया था एक बार जी में कि जाऊँ राजगृह
आग्रह करूँ अपने उस क्रूर आधे भाई से
कि एक बार देखने दो अपने पूरे पिता को
देखने दो थके से नयन ढूँढने दो चिह्न
उन षोडश कलाओं के अमृत स्पर्श का माँ जिनकी स्वामिनी
सुनने दो भित्तियों से टकराकर आहत हुई वाणी

और जानने दो मुझे कि है कोई विह्वल पुकार
हूँ मैं कहीं रिक्तियों से उठते हुए आहत किसी नाद में
कि वहाँ भी मुकुट के जाने का सन्नाटा साँय-साँय बजता है

कवि :
(अपने वृत्त से बाहर आते हुए)
तो आप गए? इस पर इतिहास तो मौन है

विमल :
मौन ही रहने दो
दुःख और कविता सदा इतिहास की समझ के बाहर
और मैं कहाँ बोल रहा कवि यह भी तो मौन ही तुम्हारा
मौन विकट मौन...बुद्ध भी रहे थे मौन ही
पूछा था जब कि चाहता हूँ जाना राजगृह
एक बार बन्दी बिम्बिसार को देखने की इच्छा है
आज भी याद है वह मौन
अधर ही नहीं नयन भी कुछ-कुछ भिंचे से
मौन में उनके एक दुःख था
बाद में जाना कि स्नेह था उनका
सम्राट बिम्बिसार पर
उनकी विवशता के अर्थ बाद में खुले और तब हुआ बोध
कि सत्ता के खड्ग धर्म को म्यान समझते हैं

कवि :
तो आप नहीं गए

विमल :
नहीं, मगर कारण बुद्ध का विवश मौन नहीं
जाने को जिस दिन मैं हुआ था प्रस्तुत
उसी दिन विहार में आया समाचार
कि पिता सम्राट अजातशत्रु के भूख से मर गए

कवि :
कैसी विडम्बना! अन्न के बिना मरा एक अन्नदाता

विमल :
कौन अन्नदाता कवि, पृथ्वी के सिवा
सत्ता हो कि धर्म कि कविता तुम्हारी
किसी के पास एक दाना नहीं...
है? बोलो?
कविता की किसी भी गाँठ से अन्न का दाना निकालकर दिखा दो
हुँह अन्नदाता
किसी सिंहासन, किसी मुकुट को तोड़कर देखो तो सही

[सन्नाटा जिसे कवि तोड़ता है]

कवि :
तो आप अपने पिता, क्षमा कीजिएगा जनक का मुख नहीं देख सके

विमल :
मुख नहीं दुःख देखना चाहता था उनका
मुख तो अपना दिखाना चाहता था
कि एक अपदस्थ सम्राट
प्रेमी जीवन के कोमल संगीत की स्मृति से भर सके
मर सके ऐसे जैसे मरता है थके मृदंग से बिखरता हुआ ताल
चाँदनी और ओस के नशे में डूबती हुई रात में

[करुण संगीत]

मिलना तो चाहता था उस आधे भाई से भी
लीपा था जिसने वैशाली की गरिमा और शान्ति को
अग्नि की लपटों से

देखा था उसे एक बार
किन्तु छोटा बहुत छोटा था मैं
और वह एक युवक...सुदर्शन बलिष्ठ और...

कवि :
और?

विमल :

रहने दो कवि, और के आगे की बात मैं कह नहीं सकता
कह ही नहीं सकता
कुछ मर्यादाओं की रेखा तो मृत्यु भी नहीं मेट सकती
सामने अजातशत्रु होता तो पूछता अवश्य...

कवि :

क्या, क्या पूछते आप

विमल :

कुछ नहीं, रहने दो

कवि :

मिलेंगे क्या अजातशत्रु से?

विमल :

कैसे मिल सकते...होने में उसके रात ही रात
और मैंने तो रातें सब त्याग दीं...

कवि :

मिल सकते अर्हत विमल,
मिल सकते कविता की साँवली गोधूली में...
आता है वह भी स्वप्न में मेरे
विह्वल-विक्षिप्त बिसूरता...मुक्ति को तड़पते एक प्रेत-सा

*[कवि काउच पर लेट जाता है और पुकारता है—
अजातशत्रु...अजातशत्रु...इहागच्छ, इहागच्छ, इहा...इहा...
इहा...]*

अंक-8

[मंच पर अन्धकार। प्रेतकाया में डोलता अजातशत्रु खड्गहस्त। कवि उसका रूप देख डरते हुए काउच के पीछे जा छुपता है। उसकी आँखें विस्फारित हैं।]

अजातशत्रु :

कौन है यह धृष्ट
इतना अमर्यादित कौन है
जिसने पुकारा मुझे ऐसे जैसे चरवाहे
दूर कहीं चरते हुए गौओं और वृषभों को
जन्मजात पुङ्गव प्रचंड के पशुत्व को किसने पुकारा है
प्रकट हो दुष्ट, इतना भी मरा नहीं मैं कि चोंच मार
उड़ जाए पंछी निरापद

कवि :
(साहस एकत्र करता हुआ आगे बढ़ता है और सामने आकर बोलता है—)

मैंने पुकारा है
कथा-शेष मगध के कीर्ति-कुकीर्ति-शेष वीर सम्राट को

अजातशत्रु :
क्या कहा
मगध कथा-शेष और मैं कुकीर्ति-शेष?
मेरे तो स्वप्न में भी आया नहीं
ऐसा उद्दंड ऐसा दुस्साहसी
कौन हो तुम?

कवि :
कवि हूँ मैं जिह्वा पर मेरी अमृत का वास है
जिसका भी लेता हूँ नाम वह मृतक जी उठता है

अजातशत्रु :
और तुम स्वयं क्या हो मृत या मुमुक्षु?
मुझे क्यों पुकारा
इतना भी मरा नहीं मैं...

कवि :
कि चोंच मार उड़ जाए पंछी निरापद...हा हा हा

बिलकुल नहीं मरे आप, मर ही नहीं सकते
शत्रुओं के आविष्कारक परम प्रतापी अजातशत्रु अमर हैं
अमर है उनकी दाहकता का दंश
जिसके उपचार में
बुद्ध का स्पर्श और स्वर्गिक समीर सब प्रभावहीन
कि देह भी जो छूटे तो दाह नहीं छूटे

अजातशत्रु :
इतना भी मरा नहीं मैं
कि दे न सकूँ तुझे इस धृष्टता का दंड
दे न सकूँ मृत्यु

[अजातशत्रु खड्‌ग से वार करता है। कवि तलवार पकड़ लेता है, अजातशत्रु खींचता है। आधी तलवार काग़ज़ के खिलौने की तरह फट कर कवि के हाथ में आ जाती है।]

कवि :
इस तलवार से राजा मरते थे
अब भी मर सकते हैं, कवि नहीं
न तब और न ही अब

[अजातशत्रु और अधिक क्रुद्ध हो जाता है। कवि की ओर टूटी तलवार लेकर दौड़ता है कि अचानक बुद्धम शरणम गच्छामि की गूँज और विमल का प्रवेश। अजातशत्रु चौंक उठता है और उसके

हाथ से तलवार छूट जाती है।]

अजातशत्रु :
क क कौन तुम अ अ आ...आप आप कौन...बबब बुद्ध...

विमल :
हाँ थोड़ा-सा बहुत थोड़ा,
शेष तो विमल जो स्वयं से कब का कह चुका—

बुद्धम शरणम गच्छामि
संघम शरणम गच्छामि
धम्मम शरणम गच्छामि

कैसे हैं सम्राट अजातशत्रु?
पहले भी मिल चुके हैं हम
है कुछ ध्यान में?

अजातशत्रु :
विमल विमल विमल नहीं
नहीं जानता किसी विमल को
पहले कभी देखा भी नहीं...नहीं मिला आपसे
बुद्ध से भी नहीं मिल सका था
सुनता था परम प्रशान्ति के रूपक थे
वाणी सदा सम पर
परम प्रशान्ति के सम पर वाणी

आप भी तो वही साधारण भिक्षु तो नहीं आप

[विमल मुस्कुराता है। अजातशत्रु कभी निकट कभी दूर से निहारता है। अचरज का धीमा संगीत बज उठता है।]

(स्वगत)
उन्नत ललाट किसी मागध-सा बड़े-बड़े नेत्र दिगंत-से गहरे
नासिका तो वही पूरे मुखमंडल की गढ़न ही वैसी
मानो पिता बिम्बिसार
अधर बस अलग लेकिन किसके
ऐसा क्यों लगता है देखा है कभी इन अधरों को निकट से

कवि :
छूट गयी काया किन्तु छूटी नहीं आज तक
प्रकट और गोपन में बाँटने की आदत
कौन समझाए कोई मूढ़ मगरमच्छ को
कि वह भी मछलियों-सा पानी ही पहने है

[अजातशत्रु के मुख पर उलझन के भाव, कवि तनिक पास जाकर कहता है—]

कही जा रही कथा के भीतर पर्दे नहीं होते सम्राट
सबकी आँखों से उलझती हैं सबकी आँखें
साँसें साँसों की हवा में ही चलती हैं
माटी तो एक ही अलग होते पात्र

रंग और ढंग और प्रसंग के अन्तर से
विमल तो बन चुके काफ़ी कुछ
आप किन्तु अभी भी प्रसंग के साँचे के बाहर हैं
बहुत छिपाया आपने मगर सुन चुके हम
कि विमल का मुख सम्राट बिम्बिसार से मिलता है

[विमल और कवि एक साथ हँस पड़ते हैं]

यह भी अब कह दें—किसके थे अधर
जीवन के गोपन जीवन के बाद आख्यान हो जाते हैं

अजातशत्रु :
किसके थे अधर...किसके थे किसके
किसके...किसके

[अजातशत्रु सोचता हुआ दूर चला जाता है। पीछा करता प्रकाश उसी पर केन्द्रित। शेष मंच पर अन्धकार। आकाश से आम्रपाली की आवाज़।]

क्या सोच रहे सम्राट
अधरों से भरी पिटारी में
किसके अधर ढूँढ रहे?

अजातशत्रु :
तुम कौन? सामने आओ स्त्री

आम्रपाली :
नहीं दे सकते आदेश, सारे आदेशों से ऊपर हूँ
तब भी जब मैं आदेशों के संसार में रहती थी...पहले तुम उत्तर दो
कौन हूँ मैं?

अजातशत्रु :
नहीं पहचान पा रहा

आम्रपाली :
अब पहचानो *(हँसते हुए गा पड़ती है)*—

अधरों में अधर नहीं रहते
मेरे दो अधर यही कहते

[अजातशत्रु सोचने का अभिनय करता है और धम्म से भूमि पर बैठ जाता है। कवि पास आता है और सहारा देकर उठाता है।]

कवि :
किसका स्वर था यह
कथा-शेष मगध के कीर्ति-कुकीर्ति-शेष वीर सम्राट?
अधर अधर किसके थे अधर...

अजातशत्रु :
अप्राप्त...इन्हीं अधरों से फूटे थे ये बोल
स्त्री सिंहासन नहीं होती सम्राट

कि पिता से छीनकर बैठ जाए कोई उद्धत उद्‌दंड युवराज

[भर्त्सना का संगीत]

आम्रपाली :

कहा तो यह भी था कि
पिता के जीवित पर्यंक पर पुत्र का बैठना वर्जित...

अजातशत्रु :

कहा होगा ओ री रूपगर्विते...
ओ री वैशाली की जनपद कल्याणी
ओ री लिच्छिवयों की नगरवधू, कहा होगा..., किन्तु
कामना की काया में कान नहीं होते...
कुछ भी नहीं सुना था मैंने कुछ भी नहीं
तुम नहीं तो वैशाली ही सही...कटि में धधकते दावानल ने
जी भर भोगा था कला के कुसुमों से सजी वैशाली को...
राख लिये लौटा था...राख...
लौटते हुए...गंगा में धोए थे हाथ मगर जलती हुई देहों की गंध
नासिका में बसी रही...
धँसी रही एक नगरवधू की तनी हुई नासिका कटार-सी
ओ री नगरवधू कहाँ हो कहाँ हो तुम
सुना था कि बुद्ध की शरण में...
लौट आओ वर्षा की धारा-सी प्यास में...
कुछ भी नहीं रखा संन्यास में...कुछ भी नहीं

विमल :

कवि, यह अजात है या तुम हो?

कवि :

भंते, अजात मेरे काव्यदेश का अजात...
अवाक् इतिहास और ज़िद्दी जिज्ञासा के बीच का अजात...

अजातशत्रु :

ओ री नगरवधू...

कवि :

भंते विमल...मानेगा नहीं यह मूढ़ मगरमच्छ

विमल :

(अजात के निकट जाकर)

शान्त सम्राट शान्त...
जल की जो बूँद बह गयी लौट नहीं सकती...
देवी आम्रपाली आकाश हैं अब वैसे ही जैसे तीर्थंकर और बुद्ध...
राजगृह के पर्वत पर ऊँचे स्तूप से ढँके हुए भस्म में कुछ भी नहीं बुद्ध का

अजातशत्रु

और आप?

विमल :

मेरा संन्यास तो पूरा था ठिठका था किन्तु निर्वाण
देखना था एक बार पिता को,
आप को देखा तो देख लिया
कहिए अब—कौन हूँ मैं

अजातशत्रु :

(उलझन का भाव)—हाँ...नहीं...नहीं...
लेकिन हाँ नासिका और ललाट सम्राट बिम्बिसार के...
अधर अप्राप्त...अधर अप्राप्त...पिता सिंहासन...स्त्री...आप...
कहीं तुम सम्राट बिम्बिसार और नगरवधू के पुत्र तो नहीं?

विमल :

मेरे अर्धभ्राता, भाषा में आपकी राख बहुत है
और यह राख वैशाली की नहीं आपकी अपनी है
बहुत कुछ जलाने में बहुत जले हैं
अग्नि के जूते पहन वर्षों चले हैं
छाप दाहकता की कब की माटी हुई
दूबों ने लिख दीं कविताएँ भी बहुत सारी
बहुत सारे पशु जिन्हें चरकर मनुष्य हो गए
किन्तु चित्त में जो जलीं, राख उन चिताओं की अभी तक उड़ती है
यही है आपका नर्क
मनुष्य अपना नर्क स्वयं रचता है

विकट वैश्वानर मैं भी रच सकता था

मगध की चोट से विह्वल लिच्छिवयों के साथ मिलकर
कर सकता था द्रोह-विद्रोह
मगध में भी अग्नि की लीला हो सकती थी
जाह्नवी रो सकती थी
आँसुओं की धार से कट सकता था पाटलिपुत्र का कछार
किन्तु मैंने आग नहीं त्याग को चुना
पाप की पताका नहीं शान्ति की बलाका
करुणा की श्याम मेघमाला

कोमलतम किरण की धार से
मैंने वह केतु काट डाला छाया में जिसकी
बैठता है कोई बिम्बिसार तो राजा बन जाता है
उस केतु-कातर का पुत्र मैं कहाँ
कि मुझमें तो रक्त एक कुल-गोत्र मुक्त सहज मानव का
जिसकी महत्ता मृदंग सत्ता संगीत

और देवी आम्रपाली को समझ नहीं सकते आप
स्त्री नहीं पूरी प्रकृति वह—पृथ्वी और आम्र की वाटिका
रंगों और गंधों और गूँजों-अनुगूँजों का नृत्य
निर्मम निदाघ में ओस और अश्रु और स्वेद की बूँद का गगन हो जाना
समझ नहीं सकते आप
कितने जन्म लिये मैंने कितने शरीर धरे कितनी बार मरा
तब जाकर मिली वह कोख वह गोद वह श्वेत दुग्ध-धार
कि मलिन मन यात्रा से मुक्त हुआ
सोचिए, एक ही बिम्बिसार के पुत्र हम

किन्तु कितने अलग
आप कितने मलिन
आपने बनाए हत्या और मर्दन के यंत्र
महाशिला कंटक और रथ मूसल
आज भी रौंदते हैं जीवन की धरा को

और मैं छोड़ते ही वैशाली
बुद्ध की किरणों से रचा एक पंछी
इधर-उधर गिरे कुछ दाने चुग चह-चह उड़ान में जिया

नहीं समझ सकते आप देवी आम्रपाली को
न ही आप जैसे राजाओं के क्रीत गाथाकार
कवि से पूछो, बताएगा
कि बुद्ध वैशाली आए ही इसलिए थे
कि देवी आम्रपाली से मिल सकें

बुद्ध का स्वर :
देवि! आम्रपाली!
आम्रपाली का स्वर—
बुद्धम शरणम गच्छामि

बुद्ध :
आगच्छ!

अंक-9

[काउच पर कवि और मंच पर अकेला अजातशत्रु हाथ में लिये टूटी तलवार]

अजातशत्रु :
यह मैं हूँ
हाँ यही हूँ मैं—एक टूटा हुआ खड्ग
होता मनुष्य यदि मेरा भी होता कोई पिता सम्पूर्ण
वर्षा की नदी-सी निरन्तर कोई माँ
किन्तु मगध के प्रासाद में तो लोहा ही लोहा
सोना ही सोना
मैंने बिम्बिसार में कब देखा पिता
कब देखा पुत्र बिम्बिसार ने मुझमें
पीड़ा में दासियों का साथ
क्रीड़ा में दासों का

रेशम के धागे अखाड़े की धूल और बँधे हुए हाथ
तृषा की रातों में प्रेम से रहित देहों का साथ

रीढ़ जब तनी और दीठ जब खुली
तो एक ओर सत्ता में सना सम्राट
और दूसरी ओर मैं—सत्ता की कामना से कलुषित युवराज

था कहाँ पिता था कहाँ पुत्र
एक युवराज ने राजा को कारा में मारा
भूख से, हाँ भूख से
कि भूखा युवराज भूख के सिवा दे भी क्या सकता था

खड्ग ही बनाया था मगध ने मुझे
लम्बा धारदार
चला और चला और चलता रहा सीमा के बाहर निर्मम
सीमा के भीतर निश्चिन्त...

कवि :
और एक दिन नयी और पूरी तलवार—युवा और नग्न

अजातशत्रु :
हाँ नयी और पूरी तलवार

[उदयभद्र का प्रवेश]

आओ उदय आओ उतार दो हृदय में मेरे
हाथ में चमकती यह नंगी तलवार...एक बार और
कवि को दिखा दो एक पिता की हत्या का दृश्य
(अजात पर प्रहार) बुद्धं शरणं

कवि :
(अट्टहास करते हुए)—ना भस्मं शरणं गच्छामि

[मंच पर अन्धकार। कवि काउच पर लेटा है।]

उदयभद्र :
भूख नहीं थी मुझे कि भूख को बनाता मैं अस्त्र
मैंने तो हत्याएँ देखी थीं देखे थे वध
देखे थे शिलाओं की वर्षा में टूटते मेरुदंड
घायलों पर दौड़ते रथ मूसल के नीचे से उठते
गगन-भेदी क्रन्दन पर अट्टहास सुना था
मगध और मगध के बाहर मैंने तो देखा था
मात्र यही दृश्य कि कोई भी तभी तक सम्राट
जब तक वह चलता हुआ खड्ग

और खड्ग किसका पिता किसका पुत्र
लोहे की मुट्ठी और लोहे की म्यान
समय-समय पर सान और रक्त-स्नान
खड्ग किसका पिता किसका पुत्र

अभी-अभी यहाँ जो मरा या मारा गया
ऐसी ही मृत्यु की प्रतीक्षा में विकल था
मैं ही था योग्य अधिकारी...उत्तराधिकारी
कि अन्तस से उठते प्रलाप और जिह्वा के बीच के
सारे तंतु काट दूँ
काट दिया, पहले भी कटे हैं कई कथाओं में
कई अवतारों में आगे भी कटेंगे...
मेरा भी? मैं भी क्या?

कवि :
पिता बनो पिता बनो
अब भी है समय पिता बनो ओ रे पितृहीन!

अंक-10

कवि :

मान्यवर
बस अब और नहीं
अन्तिम यह दृश्य अन्तिम संवाद
दग्ध या विदग्ध किसी भी जीवन से
कोई साक्षात्कार नहीं अब
मूँदता हूँ इस अगम कुएँ का मुँह
जो कहने को मेरा है
जड़ें मगर डोलते पानी की
अनगिनत कुओं तक जाती हैं

अन्धा तो कहना ही नहीं इसे
तन के इन रोंयों से अधिक इसकी आँखें हैं
गगन के तारे सब गुप्तचर—

क्या जाने कब इसके कानों में कह जाते
करतब उन पुतलों के जो कब के माटी हुए
और उस माटी से बन भी चुके अच्छे-बुरे पुतले हज़ारों
और फिर माटी हुए सारे के सारे

सोचता हूँ उन्हें तो लगता है
जाने किन माटियों की माटी हूँ

[भरत मुनि का प्रवेश]

भरत मुनि :
हे कवि, बंद करो दर्शन यह
कक्ष यह नहीं कविताई का
मंच है दीर्घा है दर्शक हैं
इनकी तरफ़ पीठ फेर कूद नहीं सकते तुम
उस अन्धे कुएँ में जल जिसका व्यक्तिगत समुद्र
अग्नि और विह्वलता निजी
कोई कहीं नहीं गया
राहुल यशोधरा बिम्बिसार आम्रपाली
विमल अजातशत्रु और तो और बुद्ध भी
सब के सब यहीं हैं तेरे अन्धकूप के जगत पर
जाएँगे कैसे यह सुने बिना—क्यों तूने छेड़ा इन्हें
तिथियों के पार से अचानक बुलाकर अतिथि किया

बचो विचलन से बचो

केन्द्रित करो स्वयं को
आज की संध्या का अन्तिम यह प्रहर
अन्तिम आलाप दीर्घ राग का
वर्जित है स्वयं से संवाद
खोले गए आत्म को विसर्जित करो उनमें
जो अपना मन खोले प्रतीक्षा में बैठे हैं

कवि :
क्षमा करें, भरत मुनि, क्षमा करें
मेरी ही सीमा सामर्थ्य की सीमा
कि आत्म के खनन से
फूटे प्रकाश तो परोसे
किन्तु यह थकान ऐसी थकान कि भूल गया
फैली हुई माटी के बीच मेरा कुआँ
जगत पर जिसके आहूत आत्माएँ
विसर्जन के मंत्र की प्रतीक्षा में बैठीं

कृतज्ञ हूँ कि शास्त्र से लोक में
सस्वर साक्षात् आए हैं आप
न रहे परम्परा का सूप
तो खोज और यातना का सार
थोथे में धँसा-फँसा रह जाए

[कवि मुड़कर देखता है...भरत मुनि जा चुके हैं
कवि विह्वल होकर पुकारता है : मुनिवर मुनिवर मुनिवर

उत्तर दर्शक दीर्घा की तरफ़ से आता है।]

भरत मुनि :

शास्त्र से नहीं मैं लोक से आया था
सामने जो बैठे हैं उन सब में बैठा हूँ
जाऊँगा नहीं मैं लिए बिना वे मंगल वाक्य
जो मेरा यज्ञ-भाग
सरस सुपाच्य नैवेद्य

[कवि अपने अन्धकार में अस्त होता हुआ काउच पर जा लेटता है। स्वयं में डूबने का संगीत। कवि के खर्राटों की आवाज़...]

अंक-11

[कवि काउच पर सोया है। देवदूतों का प्रवेश।]

हाय रे हाय रे हाय रे
क्या कोई सोए क्या कोई जागे
कविता के देस में सारे अभागे
सपना भी आ के सताय रे,
क्या कोई समझे क्या कोई सोचे
जागे तो हंसा को हाथी दबोचे
बेचारा चीखे चिल्लाय रे,
बाघिन की लाल जीभ साँपों का हँसना
चींटी की चुभ-चुभ बिच्छू का डँसना
रो-रो के पगला अघाय रे, हाय रे
सन्तन को अन्त मिले देव को दिगंता
ये पापी ऐसा कि रौरव अनंता

प्रभु पर भी उँगली उठाय रे, हाय रे

[संगीत तेज़ होता है और देवदूत कवि के इर्द-गिर्द नाचते हुए नेपथ्य की ओर...कवि पर प्रकाश...मानो सुबह कवि उठकर बैठता है और आँखें मलता है। पहले पानी और फिर चाय पीने का अभिनय करता है।]

कवि :

मैं चाय में चीनी नहीं डालता
पुरानी स्मृतियाँ ही काफ़ी हैं
कभी गुड़ कभी हल्दी कभी दालचीनी और कभी गोलमिर्च
लम्बी और लाल मिर्च भी कभी-कभी
लेकिन यह कैसी तंद्रा थी...
शोर और संगीत गुत्थमगुत्था
और ऐसे में एक फुसफुसाहट...
कि सुनो जीवक से पूछो
कौन थी? किसकी थी वह आवाज़
जो एक पहाड़ी नदी-सी मेरे भीतर उतर गयी थी
यशोधरा कि सुजाता कि आम्रपाली कि सब
कुछ स्त्रियों में बहुत सारी स्त्रियाँ रहती हैं
उस आवाज़ में भी बहुत सारी आवाज़ें थीं

वैसे क्या पूछूँ जीवक से...रुग्ण नहीं मैं न मेरी यात्रा
मिट्टी से आकाश हुए चरित्रों को
समर्थ आवाज़ में पुकारा है

पूछे हैं उनसे प्रश्न
उनके अज्ञात को कविता की भाषा में उतारा है
क्या पूछूँ जीवक से
भरत मुनि के हिस्से का नैवेद्य कहाँ से देगा वह

[जीवक का प्रवेश]

जीवक :
जीवक जानता है सारे सत्य
जीवक...केवल जीवक रहा है सबका सखा
उनका भी जिन्हें तुम पुकार नहीं पाए
देखा अवश्य किन्तु राहुल और विमल के नेत्रों से
मैं जानता हूँ उन्हें, देखा है अपने दीपक के प्रकाश में
और कवि, जानता तो तुम्हें भी हूँ

कवि :
क्या...क्या जानते हैं मेरे बारे में आप

जीवक :
वह सब...जो एक रूपक किसी रूप के बारे में जानता है...
रूप हो तुम और मैं तुम्हारा रूपक

कवि :
आप...मेरा रूपक...कैसे

जीवक :
सोचो...क्या हो तुम...

कवि :
कवि...कवि हूँ

जीवक : कितना?

कवि :
कितना...क्या अर्थ इसका? कवि हूँ बस।

जीवक :
कविता के अतिरिक्त कुछ किया कभी

कवि :
गाता हूँ।

जीवक :
क्या?

कवि :
कुछ भी, अपनी कविताएँ...पुराने कवियों के भजन।

जीवक :
भजन? भक्त हो? किसके?

कवि :

किसी का नहीं...मेरे लिए सब कविता है...ईश्वर भी...
मैं तो बस इसलिए गाता हूँ कि सुनने वाले को साथी मिल जाए...
गाना तब शुरू किया था जब बहुत अकेला था...
और गाते-गाते लगा था कि एक मेला हूँ...

जीवक :

कभी स्वयं को गाया?

कवि :

हाँ गाया न...अपने लिखे गीत।

जीवक :

नहीं, अपने वे गीत जो लिख नहीं पाए उन्हें गाया कभी?

कवि :

वे गीत जो लिखे नहीं—
इतना बड़ा गायक तो नहीं मैं
कि शब्दहीन राग से भर दूँ संसार...
लेकिन इतना सोच पा रहा
कि होना और न होना दोनों के स्वर अलग होते...
होना कानों के बीच गूँजता और न होना...
न होना...
पता नहीं कहाँ...

जीवक :
होने के स्वर में क्या गूँजता कवि?

कवि :
(सोचता हुआ)
बहुत कुछ
पृथ्वी और उसका वैविध्य उसका सौन्दर्य
उस पर बसा संसार उजले रास्ते, काले अवरोध
देखने की कोशिश और आँखें छीनने के षड्यन्त्र
और लालच और स्वार्थ और हिंसा और हत्या और अकाल मृत्यु
और जीवन हर हाल में जीवन
जैसे गर्भ से गोद तक आते बच्चे
जैसे दूर से आते और क्षितिज तक जाते बंजारे
जैसे चुल्लू-भर धूप लिये भटकते फ़क़ीर
मगर ये सब तो भाषा में...मौन में क्या
मौन में शायद वे सारे दु:ख जो अकथ
विवशताएँ जो माँ की आँखों में डूबती रातों में चुपचाप बहीं
रातें...हाँ रातें और ठंड और हड्डियों को चीरती हवाएँ
और पूस में धान के खेत अगोरते पिता
और धान की बालियाँ
और उनकी आपसी बतकही जिसे सुनते पिता, मेरे पिता...

माँ का रोना और पिता का होना गाया है मैंने
शब्दों और वाक्यों के बीच—नि:शब्द

जीवक :

कभी पिता के लिए गाया?

कवि :

हाँ एक बार बस एक बार...
बीमार थे वे...और बेचैन...सो गाया
सुनकर पिता ने पूछा—तुमने लिखा है? मैंने कहा—हाँ
तो बोले—तुम्हारे बाबा भी गाते थे...अपने लिखे गीत...
माँ ने बताया था...मगर वे गए और गीत के सारे बोल ले गए...
मैंने जब होश सम्हाला तो पाया—उनका लिखा एक अक्षर भी नहीं कहीं
माँ भी ख़ाली हो गयी थी शायद...
स्मरण नहीं, कभी उसे गाते सुना हो...
आज उम्र के चौथे पड़ाव पर सुना...
तुम्हारी आवाज़ में तुम्हारे बाबा गा रहे थे बेटा...!

और पिता पतझड़ के मारे पेड़ की तरह देर तक चुप और उदास...,
जीवक, वह मौन मेरे भीतर पैठ गया था उस दिन
और फैलकर आकाश हुआ जाता था...
नहीं गा पाया उसे कभी चाहकर भी,
न शब्द में न मौन में

जीवक :

और वही गाने बैठे हो आज...अपने पिता की पितृहीनता!

[करुण संगीत]

मेरे अतिरिक्त और सुन भी कौन सकता था गीत यह तुम्हारा
भाँप कौन सकता था बर्फ़ की दरारों से उठती बहुत झीनी भाप
अन्तस का उबाल कैसे समझ सकते थे वे जिन्हें तुमने पुकारा
वे या तो मुक्त या फिर विगत की छाती पर ठुके हुए पत्थर
जिन शताब्दियों में भागे हुए आए तुम जिनके बीच
उनमें तुम-सा तो मैं ही, बस मैं ही
देह के दु:ख को धोते और पोंछते बीता यह जीवन
बीतकर भी कहाँ बीता
आज भी जपता हुआ बूटियों-रसायनों के नाम प्रेत-सा घूमता हूँ
जैसे तुम हरते हो भीड़ में छितराया अकेलापन
वैसे ही मैं भी कभी चुनता था देह में छितराए कंकड़, काँटे, अंगारे
और...मुझसे अधिक पितृहीन और कौन!

कवि :
हाँ आपसे अधिक पितृहीन और कौन,
कि आप तो माँ के पौरुष से भी वंचित
कर्ण तो फिर भी मखमली पिटारी में
आप तो यूँ ही कूड़े के ढेर पर सजीव
देखा था युवराज अभय ने और पूछा था—जीवक?
कहा था दास ने—जी श्रीमान जीवक...और जीवक हुए आप
सत्य है न?

जीवक :
मैंने भी सुनी थी कहानी ही
जैसे सुनाते हैं राजा
पुरखों की धोयी और पोंछी हुई कथा प्रजा को
और समझाते हैं—यही इतिहास है
सुनती है प्रजा और मान लेती है
जैसे कि बच्चे—क्या पता उन्हें कि माता और पिता कौन और कैसे
मैंने भी सुनी थीं कहानियाँ
कि मगध सम्राट बिम्बिसार मेरे पिता हा हा हा

क्या अन्तर पड़ता अगर सत्य भी होता यह
जो भी हो राजप्रासाद में तो पला
किन्तु कूड़े पर पड़ा एक नन्हा-सा काँटा
जो धँसा सो निकला नहीं देह से
मन और आत्मा में उतर गया
जब भी कोई कहता—
'यह जीवक है राजकुमार अभय का दत्तक पुत्र'
वह काँटा और भी बड़ा हो जाता

[एक मौन और पीड़ा से हाँफने की आवाज़]

कि एक दिन राजप्रासाद की वत्सल कृपाओं को
पुराने पंख की तरह छोड़...उड़ गया

राजगृह से तक्षशिला—विकट ज्ञान-यात्रा थी

लौटा जब राजगृह तनिक भी अनाथ नहीं
जीवक ने पा लिया था अपना पिता...
और कहीं नहीं मेरे भीतर ही था...
युवराज अभय से कहीं अधिक सदय,
मेरे गुरुओं से अधिक साहसी, अन्वेषी, नवाचारी
और बुद्ध से कहीं अधिक ठोस

अब मैं अनाथ नहीं था
पितृत्व का प्रपात फूटा था मेरे भीतर
कोई भी आकर नहा सकता था

[सांत्वना का संगीत]

छींटों में इसके करुणा थी ममत्व था आरोग्य था
पिता हो गया था मैं उन सब का जो भी असहाय
रोग और पीड़ा से विवश

पिता हो गया था मैं—अपना भी

जो भी इस जगत में मिला मुझे
कोई नहीं पूर्ण
बुद्ध भी अधूरे
कि अपने अभावों की आँधी में उड़ते हुए
मार्ग ही ढूँढ पाए, और जब गए जगत से
बहुत तलवारें थीं, बहुत सारे घाव, रोग और शोक

तिमिर के समुद्र में रह-रहकर डूबता आलोक

[पीड़ा का संगीत]

धम्म और संघ और बुद्ध की शरण में
आ जाने मात्र से कोई देवदत्त बुद्ध नहीं हो जाता
धम्म के ओसारे में बैठ पढ़ता है मंत्र प्रतिहिंसा के
करता है मार का आवाहन रचता है क्रूरतर अजातशत्रु
पितृहंता आत्मज जो स्वयं भी पुत्र के वाणों का लक्ष्य
समझ गए थे बुद्ध
कि जगत के सारे अँधेरे जगत में ही रहेंगे
जैसे इस पृथ्वी पर रात
और चलना है सब को अपने अँधेरों में अकेले ही
तभी तो कहा था—अप्प दीपो भव

बुद्ध ने कहा था—अपना दीपक स्वयं बनो
और यह विह्वल अन्वेषी अ-बुद्ध आज कहता है—
थोड़ा या अधिक पितृहीन हर राष्ट्र हर समाज हर व्यक्ति
थोड़ा या अधिक पितृहंता हर राष्ट्र हर समाज हर व्यक्ति
इसलिए—अप्प पिता भव!

(दिगंत में गूँजतीं प्रतिध्वनियाँ—अप्प पिता भव!)

*[मंच पर अन्धकार और जीवक का प्रस्थान। स्पॉटलाइट कवि पर।
दिगंत में गूँजतीं प्रतिध्वनियाँ—अप्प पिता भव!]*